Anatole de Montaiglon

Diane de Poitiers et son goût dans les arts

Notes sur le Château d'Anet à propos du livre de M. Roussel

Anatole de Montaiglon

Diane de Poitiers et son goût dans les arts

Notes sur le Château d'Anet à propos du livre de M. Roussel

Réimpression inchangée de l'édition originale de 1879.

1ère édition 2024 | ISBN: 978-3-38812-550-3

Antigonos Verlag est une marque de Outlook Verlagsgesellschaft mbH.

Verlag (Éditeur): Outlook Verlag GmbH, Zeilweg 44, 60439 Frankfurt, Deutschland, info@outlook-verlag.de
Vertretungsberechtigt (Représentant autorisé): E. Roepke, Zeilweg 44, 60439 Frankfurt, Deutschland
Druck (Imprimerie): Libri Plureos GmbH, Friedensallee 273, 22763 Hamburg, Deutschland

DIANE DE POITIERS

ET

SON GOUT DANS LES ARTS

NOTES SUR LE CHATEAU D'ANET

A PROPOS DU LIVRE DE M. ROUSSEL

PAR

ANATOLE DE MONTAIGLON

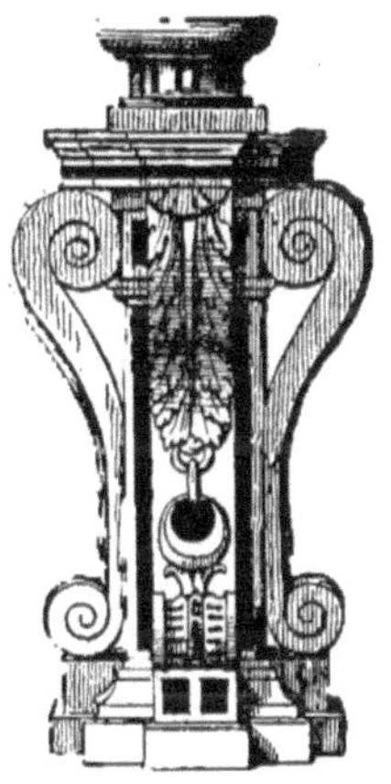

PARIS

A. DETAILLE, 10, RUE DES BEAUX-ARTS

MDCCCLXXIX

Tombeau de Diane de Poitiers

Fontaine d'Anet

Diane de Poitiers representée en Diane

DIANE DE POITIERS

ET

SON GOUT DANS LES ARTS

DIANE CHASSERESSE

D'après M. Faivre-Duffer.

D'après la peinture appartenant à M. Roman.

DIANE DE POITIERS

SON GOUT DANS LES ARTS

I. Au commencement de ce siècle on ne pouvait, à propos d'Anet, que se souvenir des paroles d'Eschyle : « Les autels sont détruits, les statues ont été arrachées de leurs bases et brisées en morceaux. » On sauva ce qu'on put : la Diane de Goujon, le bas-relief de Cellini, les émaux et les statues d'Apôtres de la chapelle, le portail central du bâtiment du fond de la cour, qu'Alexandre Lenoir fit si heureusement remonter aux Petits-Augustins et qui est l'honneur de la cour de l'École des Beaux-Arts[1]. Mais Anet n'était plus qu'une ruine. Il n'avait plus sa cour carrée, composée de trois bâtiments et fermée d'une entrée sur le quatrième côté comme encore à

---

1. « Une belle statue de plomb sculptée par Pigalle, et que H... comptait faire fondre pour en faire des balles, a été envoyée à Dreux et de là à Paris, ainsi qu'un Gladiateur en bronze, copie du Gladiateur du Belvédère. » Rapport aux administrateurs du district de Dreux, 1795 (Lefèvre, p. 84). C'est le beau Mercure rattachant ses talonnières dont le marbre est en Prusse dans les jardins de Sans-Souci ; le plomb a été longtemps dans le jardin du Luxembourg, en face de l'Orangerie, où il se détériorait. On l'a heureusement transporté au Louvre.

Écouen et comme devait être le Louvre de Henri II. Le corps de logis du fond et toute l'aile de droite étaient tombés; il ne restait que le côté de la porte, la grande chapelle, maintenant isolée, une partie seulement de l'aile gauche, et il semblait que la ruine, déjà à moitié consommée, ne pouvait que s'achever d'elle-même. Aujourd'hui Anet est sauvé, grâce à M. de Caraman, qui fit notamment restaurer, en 1851, la grande chapelle par M. Caristie, et au propriétaire actuel, M. Ferdinand Moreau, qui ne cesse pas de continuer les travaux de restauration et qui a ramené la vie où il n'y avait plus que la désolation et la mort.

On a beaucoup écrit sur Anet; au xvie siècle, Philibert Delorme, dans son livre d'architecture, et Ducerceau dans ses *Excellents Bâtiments de France*. Au xviiie, Lemarquant lui a consacré une description spéciale, imprimée deux fois, en 1776 et en 1779. Lenoir en a parlé dans le *Magasin encyclopédique* de Millin et ailleurs. De nos jours, on s'en est beaucoup occupé et l'on ne cessera pas d'y revenir. C'est en 1842, l'article de M. de Guilhermy, dans la *Revue d'Architecture;* en 1860, le livre de M. de Caraman; en 1862, l'*Excursion au château d'Anet* de M. de la Quérière, les *Notes historiques* de M. Lefèvre *sur la Principauté d'Anet,* et, en 1867, la *Monographie architecturale* de M. Pfnor. M. Bellier de la Chavignerie, d'après le *Mercure* de 1688, a raconté les splendeurs de la réception du Dauphin par le duc de Vendôme, et, dans le premier volume de ses *Cours galantes,* M. Desnoiresterres a tracé, au point de vue littéraire, le tableau de la vie de plaisir qu'y menaient les commensaux du peu édifiant vainqueur de Villaviciosa. Ici même, M. Berty a autrefois parlé d'Anet[1] dans son travail sur Delorme, M. Alphonse Feillet[2] a signalé le premier un bien curieux volume de Ponthus de Thyard, et, plus récemment, en janvier 1875, M. de la Tournelle[3] consacrait un article aux heureux travaux de M. Moreau, et aux élégantes peintures de M. Faivre Duffer.

Aujourd'hui, notre raison de revenir sur le sujet est le grand volume que M. Roussel a publié à son tour sur Anet[4]. Il mérite qu'on s'y intéresse pour son caractère tout particulier. M. Roussel, qui est d'Anet et qui s'y est retiré, a été longtemps établi à Dreux, et ses travaux pro-

---

1. Voir *Gazette des Beaux-Arts,* 1er période, 1859, IV, 140. — 2. *Ibid.,* 1re période, 1860, VI, p. 214-25. — 3. *Ibid.,* 2e période, XI, 19-32.

4. *Histoire et description du château d'Anet,* imprimé à Paris par D. Jouaust pour l'auteur Pierre-Désiré Roussel, d'Anet, 1875, grand in-4 de 215 pages, avec 53 grandes planches, dont huit chromo-lithographies, et de nombreuses figures dans le texte. Il a été signalé dès son apparition par une première note de la *Chronique* d'avril 1876, p. 153.

fessionnels, comme son éducation première, ne se rapportent en rien aux choses de l'art. S'il y est venu, — et par là même il y a plus de mérite qu'un autre, — c'est qu'il aime le château dès son enfance; depuis quarante ans il ne s'est jamais lassé de le regarder, de l'admirer, puis de l'étudier. Tout ce qu'il a lu, tout ce qu'il a vu, tout ce qu'il a cherché à recueillir, tout ce qu'il a appris, part d'Anet et y revient. Nous n'avons pas là affaire à un érudit de profession, ni à un auteur. Personne n'a pour Anet une tendresse plus absolue, personne ne le connaît plus intimement et plus à fond. Un jour les notes sont devenues un livre, et ce livre, M. Roussel l'a imprimé en l'honneur d'Anet, à ses frais et à ses risques; il a augmenté ses sacrifices en accumulant les planches les plus variées pour donner le plus possible d'Anet, surtout ce qui n'avait pas encore été reproduit. On rencontre rarement un pareil culte, et la meilleure manière de témoigner la juste reconnaissance que mérite un dévouement aussi sincère et aussi désintéressé, c'est de parler d'Anet, de Diane et de son goût très-vif pour les arts.

Je ne suivrai pas M. Roussel dans les détails de la très-claire et très-complète description qu'il a faite d'Anet; c'est naturellement la meilleure partie de son œuvre, la plus utile et la plus nouvelle. S'il a répété, comme il convenait, il a beaucoup ajouté et éclairci; c'est un guide et un cicérone aussi exact que passionné; mais, s'il fallait être aussi complet, ce serait un nouveau livre. Je me contenterai seulement de quelques points. Sans analyser l'ouvrage, auquel je renvoie, sans toucher à l'histoire d'Anet, sans en faire la description, il me restera encore assez à dire sur Diane et sur quelques-unes des œuvres d'art qui ont été faites pour elle ou qui lui ont appartenu. Mais c'est bien le livre de M. Roussel qui est le fond et la cause de nos remarques, et, si notre illustration est nouvelle, c'est seulement parce que ses planches sont trop grandes pour que nous ayons pu nous en servir.

II. L'ambassadeur Marino Giustiniano a écrit, en 1535, sur les grands châteaux royaux de la France, dont aucun n'a jamais été achevé, une remarque bien curieuse. La sagacité vénitienne en a vu, en dehors des dépenses qu'on ne veut plus faire et du changement des fantaisies individuelles, une autre cause, tout à fait inaperçue et non la moindre, dont on a la preuve dans les Comptes : « On dépense par an 25,000 écus en constructions privées, autant en constructions publiques, et cela est raisonnable. Mais, quand le Roi fait faire une construction, soit publique, soit privée, on y attache avec des gages tant de seigneurs qui gou-

vernent que, comme ces offices ne se suppriment pas, rien de commencé
ne se finit. »

Ceci n'est pas arrivé à Anet. Celle qui l'a commencé l'a fini et même
dans un temps assez court. On lisait dans l'inscription de la porte la date
de 1552 ; la cloche de l'horloge portait la date de 1554, et en 1557 Diane
y dépensait encore 16,278 livres tournois. Delorme nous dit lui-même
être revenu à Lyon en 1536, mais nous ne savons exactement quand il a
été attaché au service du roi ; il y était avant 1546, mais c'est Henri II
qui, la deuxième année de son règne, le mit à la tête des bâtiments.
Pour Anet, il est bien probable qu'il n'a pas été commencé sous François I⁰ʳ, mais aussitôt l'avènement de Henri II, et qu'après l'adoption du
plan, qui est d'une seule venue, la construction, rapidement menée, va
de 1547 à 1552 ; en tout cas, elle a été terminée bien avant 1560, car,
sans doute à cause de la reine mère, Delorme renonça, dans le cours de
cette année, en faveur de Jacques de Poitiers, frère de la duchesse, à
son abbaye d'Ivry-la-Chaussée, voisine d'Anet, où probablement il ne
remit jamais les pieds.

Mais, si Anet n'est pas au compte ou plutôt au nom du roi, ce n'en
est pas moins véritablement une vraie Maison royale et elle a largement bénéficié de cette origine, à commencer par l'architecte.

On le voit, pour celui-ci, par un passage du Mémoire apologétique de
Delorme, écrit au moment de sa disgrâce, vers 1560, et publié par
M. Berty[1]. Évidemment l'on avait mis en avant, pour lui mieux nuire
dans l'esprit de la Reine-mère, la manière dont il avait été l'architecte
de sa rivale, non-seulement à Anet, mais à Chenonceaux, où le pont sur
le Cher, bâti en 1550, était aussi son œuvre :

« Ce que j'ai fait à Anet, où il y a tant de belles choses, ç'a esté par
le commandement du feu Roy, qui estoyt plus curieux de sçavoir ce que
l'on y faisoit que en ses Maisons et se courrouçoit à moy quand je n'y
allois assez souvent. Pour ce c'estoit tout pour le Roy. »

III. Il y avait dans le tympan de la porte — on vient de l'y rétablir
par un moulage et l'on a bien fait — un grand bas-relief en bronze
d'une Diane couchée, œuvre de Cellini. Mais Benvenuto, qui quitta la
France trois ans avant la mort de François I⁰ʳ, n'avait jamais travaillé
pour Diane de Poitiers, — dans ses Mémoires il n'est question que de
Mᵐᵉ d'Étampes avec laquelle il était du reste du dernier mal, comme
avec tout le monde — et le bas-relief ne représente pas la Déesse de la

1. *Grands Architectes français de la Renaissance,* 1860, p, 57.

LA DIANE D'ANET, PAR JEAN GOUJON

(Dessin de M. Maillart, d'après le marbre du Louvre.)

chasse, mais la Nymphe de Fontainebleau. Il était destiné à la porte du château, et comme elle était large et basse, presque carrée et cintrée en anse de panier « suivant le mauvais style français », Cellini porta l'arcade par deux satyres en forme de cariatides, tenant l'un une massue, l'autre une *escourgée* avec trois chaînes garnies de boules. Dans le tympan demi-circulaire « j'avais », dit-il, « fait une femme couchée dans une belle attitude. Son bras gauche était appuyé sur le cou d'un cerf, qui formait l'une des devises du Roi. D'un côté j'avais mis en demi-relief des chevreuils, des sangliers et d'autres bêtes sauvages; de l'autre des chiens braques et lévriers de plusieurs sortes par allusion à la superbe forêt où naît la fontaine. Cette composition était renfermée dans un carré oblong, et dans chacun des deux angles j'avais fait en bas-relief une Victoire portant à la main un flambeau selon l'usage des anciens. Au-dessus de tout, j'avais mis la salamandre, devise particulière du Roi, et beaucoup d'autres ornements en harmonie avec tout cet ensemble, qui était d'ordre ionique. » Dans le récit de la visite de François Ier à l'artiste ce n'était encore qu'un modèle.

Un peu auparavant, Cellini avait entrepris un buste de grande dimension, d'après une jeune fille d'une extrême beauté, qu'il gardait chez lui pour ses plaisirs, et il avait déjà appelé cette tête : Fontainebleau. C'était certainement la Catherine, mariée par lui, de colère, avec un de ses élèves qui l'avait trompé, et qu'après le mariage il faisait encore poser, battait et caressait à ses heures. Nous en avons le portrait arrangé dans notre Nymphe. Quand il l'eut définitivement congédiée, il voulut achever de réparer sa « Nymphe de Fontainebleau, qui déjà était jetée en bronze, et modeler les deux Victoires qui devaient occuper les angles de l'hémicycle de la porte ». Il prit une pauvre fillette de Paris, « âgée de quinze ans environ. Elle était superbe de formes et un peu brune de peau. Comme elle avait l'humeur sauvage et taciturne, des allures d'une vivacité extrême et un regard farouche, je lui donnai le nom de Casse-cou (*scozzone*, dompteur de chevaux); son véritable nom était Jeanne. Grâce à elle, je menai à bonne fin ma Nymphe de Fontainebleau et mes deux Victoires ».

La porte de Fontainebleau, probablement la porte dorée du grand pavillon, ne reçut jamais la décoration de Cellini. La Nymphe de bronze resta en magasin et Henri II la donna pour Anet, de sorte que la porte de Delorme fut dessinée et construite pour la recevoir. Il y avait aussi dans les extrados du tympan deux Victoires avec des trompettes, mais celles-ci sont trop analogues à celles de la chapelle pour n'avoir pas été faites pour Anet, d'autant plus que Cellini ne parle des siennes que comme modèles et ne dit pas qu'elles aient été coulées en bronze.

Le bas-relief, fondu en plusieurs morceaux, est maintenant au Louvre, après avoir été recueilli par Lenoir; mais Grégoire qui, pour ne pas connaître sa véritable situation, n'en parle pas moins très-positivement, nous apprend qu'il l'a échappé belle :

« A Anet, au milieu d'une pièce d'eau, était un cerf de bronze d'un beau jet. On voulait le détruire sous prétexte que la chasse est un droit féodal. On est parvenu à le sauver en prouvant que les cerfs de bronze n'étaient pas compris dans la loi[1] ».

La raison est drôle, mais elle a été excellente puisqu'elle a réussi à empêcher une barbarie stupide et à sauver une œuvre bien importante et bien curieuse[2]; je ne dirai pas vraiment belle. Ce qu'elle a de meilleur, cé sont les animaux, le cerf et surtout le griffon à poils longs et emmêlés qui est une merveille de vie et de feu; mais la femme n'est pas seulement trop longue, elle est sèche, anguleuse et posée peu gracieusement. La châtelaine d'Anet ne l'en a pas moins trouvée de bonne prise; c'était pour elle de la sculpture toute faite et à bon marché; mais on ne sera contredit par personne en trouvant que la Diane de Jean Goujon, « malgré son mauvais goût français », est d'une bien autre beauté.

IV. Quant à la suite des douze Apôtres, qui sont au nombre des plus grandes pièces de l'émaillerie, puisqu'en dedans de l'encadrement carré, composé de plusieurs plaques, celle des figures a plus de deux pieds (0,^{m}610), nous n'aurions besoin d'aucun document pour savoir qu'ils n'ont pas été faits pour Diane, mais qu'ils viennent du roi. L'un d'eux, le saint Simon, est daté de 1547 et ils portent l'F de François Ier; mais l'on sait maintenant toute leur histoire. M. de Laborde a publié le premier une mention qui nous donne le nom du dessinateur d'après lequel Léonard Limosin a travaillé. C'est un des peintres de Fontainebleau, Michel Rochetel, qui fut chargé, vers 1545, de faire les douze patrons « de peintures de couleur sur papier ». Vingt ans après la publication du volume de la *Renaissance des arts,* M. Delisle[3] a complété le renseignement de M. de Laborde par une mention encore plus précieuse d'un compte de novembre 1547, le huitième mois du nouveau règne.

Il s'agit, pour le parfait paiement des douze Apôtres, commandés par

---

1. Rapport de Grégoire à la Convention le 14 fructidor an IV (31 août 1795). — Bulletin du Bibliophile. (Extrait dans le *Bulletin de l'Histoire de France,* 1843, p. 176.)

2. On en peut voir un bois dans la *Gazette,* 1re période, 1867, XXI, 123.

3. *Bulletin des Antiquaires de France,* novembre 1870, p. 159.

le feu roi qui avait fait verbalement prix avec l'artiste au prix de 5 écus pour chacun, du solde du reliquat de 210 livres 10 sous tournois, et « le dict Limosin les a livrés au lieu de Saint-Germain-en-Laye au Roy, *qui en même instant en a fait don et présent en certain endroit qu'il ne veult estre cy déclaré* », sans que le Trésorier ait à « faire aparoir » du paiement, de la délivrance et du don. Les comptes ne sont pas toujours si précis.

Il y aurait lieu de parler en détail de ces émaux dont les figures ont bien quelques parties lourdes et maladroites, mais dont les bordures en arabesques sont d'une légèreté exquise et de la grâce la plus heureuse, si le volume spécial, publié en 1865 avec une préface écrite par M. Georges Duplessis pour accompagner les gravures de M. Alleaume, d'après lequel nous donnons le saint Mathieu, ne nous dispensait d'insister. Il convient toutefois de se souvenir que, dès 1850, M. de Laborde signalait déjà pour eux un danger véritable. Ils sont encastrés dans les boiseries de la chapelle de la Vierge à l'église Saint-Père de Chartres, c'est-à-dire contre le mur, dont l'humidité peut arriver à oxyder les plaques et faire tomber l'émail. De plus, comme ils forment le lambris de la chapelle, un maladroit ou une brute les peut briser, et ils seraient irrémédiablement perdus. Leur place, et M. de Laborde a raison, est au Louvre ou à Cluny. Comme Saint-Père, à qui ils ont été attribués en 1802 lors de la réouverture des églises, ne les a qu'à l'état d'épave, ne serait-il pas possible à l'État de les remplacer par des copies, soit en émail, ce qui serait peut-être difficile, soit en faïence, ce qui conviendrait à merveille ; tous les fonds en sont blancs, et les couleurs des ornements et des figures ont une légèreté et une transparence que la palette de la faïence pourrait reproduire à s'y méprendre. Sèvres serait naturellement désigné ; ce serait pour ses artistes un beau travail, et au Louvre, à côté des plaques de la Sainte-Chapelle de Paris faites par Limosin pour François Ier, à côté des deux apôtres de la nouvelle suite non complétée où le saint Thomas est le roi François, les Apôtres d'Anet, au point de vue de la conservation, de l'étude et de l'histoire de l'art, seraient à la seule place qui leur convienne maintenant.

V. Au contraire, les quatre grandes tapisseries carrées, que M. Moreau a eu la bonne fortune inespérée de rencontrer à l'Hôtel des ventes et qu'il a rapatriées à Anet, ont bien été faites pour Diane. Les devises *Sic immota manet* et *Non frustra, Jupiter, ambas,* sont nouvelles ; mais, outre les croissants et les HD, outre, à l'état simple ou double, les deltas grecs triangulaires, initiale du prénom de la duchesse qui se rencontre

à chaque instant dans la décoration du château, les angles supérieurs
sont armoriés à ses armes ducales.

L'APOTRE SAINT MATHIEU, ÉMAIL PAR LÉONARD LIMOSIN

(Église Saint-Père, à Chartres.)

Il se pourrait bien cependant que ces tapisseries ne lui aient pas coûté
plus cher que les émaux de Léonard Limosin. En effet, elles pourraient bien
venir de la fabrique royale de Fontainebleau. M. de Laborde, dans le

premier volume des *Comptes des bâtiments du Roi*, récemment publié par la Société de l'Histoire de l'Art français, a trouvé, de 1540 à 1550, les paiements de quatorze ouvriers haute-lissiers travaillant à Fontainebleau d'après les patrons faits sur grand papier par le peintre Claude Badouyn sur les stucs et les peintures de la grande galerie. En même temps les deux frères, Salomon et Pierre de Herbaines, tapissiers de la reine Éléonore et de la dauphine Catherine, chargés dès 1538 de la garde des tapisseries et broderies du château de Fontainebleau, sont ailleurs qualifiés de Maîtres Tapissiers. Sans mettre un nom positif sur celles d'Anet, il est bien probable qu'elles sont dues aux dessinateurs et aux ouvriers de l'atelier de Fontainebleau, puisque le dessin et le travail ne sont ni flamands, ni italiens, mais parfaitement français. Les sujets, qui ne se trouvaient pas sur les murailles des galeries du château royal, sont d'ailleurs nouveaux. Deux des sujets sont : Latone changeant en grenouilles les paysans qui lui avaient refusé à boire, et Méléagre expirant sur son lit pendant qu'au fond sa mère Althéa fait brûler le tison fatal ; mais Diane n'en est pas absente, et les dixains qui accompagnent les tapisseries ne manquent pas de la signaler. Dans le fond de l'une, on lit :

> ....Cypris d'orgueil esmue
> Veut que d'Amour Diane soit frappée ;
> Il guette assez, mais en vain se remue
> Pour ce qu'elle est à la chasse occupée.

Dans l'autre, Diane est dans le ciel, voyant avec colère Méléagre tuant le sanglier qu'elle avait envoyé ravager le pays pour avoir été oubliée dans un sacrifice à tous les dieux. Les deux dernières tapisseries, par contre, lui sont entièrement consacrées. Dans l'une, Phébé, trompée par son frère Apollon, perce d'une flèche trop sûre le beau chasseur Orion, qu'elle ne reconnaît pas au milieu des flots de la mer ; dans l'autre elle sauve Iphigénie en lui substituant un cerf sur l'autel où on allait la sacrifier.

Les sujets sont beaux et bien dessinés, mais les bordures et surtout les montants latéraux sont des merveilles d'élégance ornementale. On le voyait déjà dans les deux photoglypties du livre de M. Roussel, mais les reproductions photographiques de tapisseries sont toujours un peu confuses et l'on en peut mieux juger dans le croquis que M. Goutzviller a redessiné à Anet d'après les originaux. Le ton, chose remarquable, ne vise en rien au luxe et à l'éclat de la couleur ; il est, il a toujours été doucement sobre et harmonieux, et elles sont si exceptionnellement belles que je n'en ai jamais vu dans le même genre qui en approchassent seulement. Deux d'entre elles sont suspendues et servent de portières dans le grand escalier construit par Desgots pour le duc de Vendôme. M. Moreau a l'intention de construire une salle pour qu'il soit possible de les mieux examiner ; elles sont en effet bien dignes d'être tendues et encastrées dans une décoration qui les mette tout à fait en valeur. Ajoutons que M. Roussel a justement remarqué que leur grande hauteur, elles ont près de cinq mètres, exclut l'idée qu'elles aient pu être mises dans le rez-de-chaussée du château qui n'allait pas tout à fait à quatre ; elles n'ont pu être qu'au premier, peut-être dans la galerie de la chapelle où s'ouvrait la tribune. En tout cas, il y en avait un plus grand nombre, puisque M. Moreau a retrouvé depuis un montant qui provient d'une cinquième.

On a remarqué la personnalité des devises, qui sont bien de véritables devises puisqu'elles se répètent sur toutes les tapisseries et qu'elles se trouvent deux fois sur chacune. La première, « C'est ainsi qu'elle reste immobile », où l'on a probablement mis le nom même d'*Anet* dans le *manet*[1], n'a rien que de simple ; l'orgueilleuse affirmation d'une puissance assurée contre tous les efforts qu'on voudrait tenter pour la renverser ou même l'ébranler, ne sort pas de la modestie du genre, mais l'autre est bien surprenante. Comment comprendre : *Non frustra, Jupiter, ambas*, « O Jupiter, ne frustres pas les deux femmes », autrement que par une allusion hardie à la dualité de la maîtresse et de la reine. Le corps de la devise représente la réunion de la palme, si souvent employée dans les ornements d'Anet, et d'une branche garnie de feuilles et de fruits, où la palme est à senestre et la branche féconde est à dextre, comme pour blasonner héraldiquement la hiérarchie officielle des deux femmes, à l'honneur et à l'affection desquelles le dieu souverain satisfaisait sans fléchir. A l'état vulgaire, ce serait un ménage à trois. Mais les rois sont si facilement d'aussi grands dieux que Jupiter !

VI. Passons maintenant à la maîtresse du logis. Il faudrait probablement fort en rabattre sur sa beauté et surtout sur sa conservation merveilleuse. Brantôme la célèbre avec enthousiasme, mais il est entendu que les grandes dames sont toujours belles, et les beautés les plus en vue ne sont jamais si célèbres et si louées que quand elles n'en sont plus à commencer de décliner. Diane avait quarante-huit ans à la mort de François Ier, et sous celui-ci, pendant la lutte acharnée de la maîtresse du dauphin et de la maîtresse du roi, qui n'avait pour-

---

1. *Immota manet* est dans les *Géorgiques* de Virgile, II, 294.

tant que sept ans de moins que la première, les partisans de Mme d'Étampes allaient vis-à-vis de sa rivale jusqu'au delà de l'injure. M. Georges Guiffrey, dont la préface aux Lettres inédites de Diane est ce qu'on a écrit de mieux sur elle, a cité les pièces latines de Johannes Vulteins, en français Faciot, contre la vieille Poitevine. Les imprécations contre les vieilles, de Régnier et de Sigongne dans le *Cabinet satyrique*, ne sont ni plus violentes, ni plus grossières, et l'on n'en pourrait ici rien citer. Mais, en dehors de ces exagérations, il faut convenir que les monuments iconographiques ne justifient qu'imparfaitement la réputation de beauté de Diane. La statue agenouillée au tombeau de son mari à Rouen est trop lourde et trop maladroite pour compter ; la tête de la statue funéraire, toute intéressante qu'elle soit, ne se rapporte qu'à la dernière heure, et il est bien entendu qu'il n'y a pas la moindre ressemblance réelle dans les Dianes peintes de l'École de Fontainebleau et dans la statue de Jean Goujon ; ce sont des allusions, mais nullement des portraits, et pas même une idéalisation du type réel. Au contraire, depuis les deux crayons de la « Grant Sénéchalle de Normandie », jeune, reproduits par M. Niel et par M. Rouard, jusqu'à la statue du tombeau, il y a un type vrai, froid, calme, bien bâti, un peu fort, avec un grand front, la poitrine haute et bombée, qui n'a rien de la sveltesse de la chasseresse à l'antique. La médaille que nous empruntons au livre de M. Guiffrey en est un exemple excellent et très-authentique.

  L'histoire de cette médaille est au reste curieuse et compliquée, car il en existe des exemplaires de plus d'une sorte. Disons d'abord, comme les coins de la face et de son premier revers existent encore à la Monnaie, que bien probablement elle a été gravée en quelque sorte officiellement et par les graveurs du roi. Dans son dernier état, elle porte l'indication incompréhensible, *A° 26*, qui ne se rapporte à rien ; en effet, la légende est : *Diana, Dux Valentinorum clarissima*, et elle n'eut le duché de Valentinois qu'en 1548, année où elle approchait du double de vingt-six ans. Tantôt on trouve cette médaille sans cette date, ajoutée on ne sait quand, et accompagnée d'un revers fait pour Marie de Médicis après la naissance du dauphin, Junon et Cybèle avec la devise : *Oritur et lacte virescit*, — M. Roman en possède un magnifique exemplaire ancien en argent doré, — tantôt avec une Diane foulant aux pieds l'Amour et la devise à double sens : *Omnium victorem vici*; c'est le revers de l'origine. Mais ce n'est pas la seule différence ; pour la face, il y a des exemplaires, et ce sont de beaucoup les plus rares, où la tête est moins lourde et moins épaisse, et où le costume est même différent en ce sens que Diane y a en plus au cou un premier fil de perles, un second sur

l'épaule, et un troisième au bas de la robe. De deux choses l'une : ou à
un moment l'on a abattu ces colliers, recreusé, élargi, épaissi le premier coin, ou celui-ci était perdu et on l'a regravé à nouveau en copiant
le premier, mais seulement à peu près. Après avoir comparé, avec le
plus grand soin, les exemplaires du Cabinet qui en a de toutes les sortes,

TAPISSERIE DE LATONE (XVIe SIÈCLE.)

(Château d'Anet.)

mon opinion et celle de M. Chabouillet seraient plutôt qu'il y a eu deux
coins, celui qui subsiste et un premier perdu de bonne heure. Cela du
reste cadrerait à merveille avec un passage de L'Estoile, qu'après
M. Guiffrey, M. Chabouillet a dernièrement relevé dans un article sur
le jeton d'une Madeleine de Poitiers, qu'on a prise fort à tort pour une
fille de Diane : « M. Peiresc m'envoya d'Aix en Provence la médaille
en cuivre de la duchesse de Valentinois, laquelle, de longtemps, ne se

rencontre plus. » C'était probablement, bien que L'Estoile écrive à la
date de 1608, un exemplaire du premier coin, puisqu'il indique l'inscription du revers original. De toutes façons la médaille est, comme renseignement iconographique, le meilleur et le plus vrai portrait de Diane.

Citons encore sur ce point un bien curieux portrait du xvi° siècle qui
appartient aussi à M. Roman; on le verra à l'exposition des portraits
historiques, et sa ressemblance complète avec la médaille le rend
absolument authentique.

Diane, également décolletée, y a une robe noire agrémentée de fils

MÉDAILLE DE DIANE DE POITIERS.

de perles sur les coutures du corsage; mais l'intérêt porte surtout sur
la couleur des cheveux, qui sont ardents. Bien que les yeux ne soient
pas bleus, Diane serait alors à ajouter à la pléiade des rousses, et cela
irait bien avec ce qu'on dit de la beauté de son teint et de l'éclat de sa
peau. Mais il est probable que ses cheveux étaient noirs et qu'elle les
avait *blondés,* selon la mode, car un couplet contre elle commence par :
« Toute brunette suis, — Jamais ne serai blanche. »

VII. Du reste, le portrait, comme la médaille, ne la rend pas plus
sympathique. Ce qui domine, avec l'intelligence évidente, c'est la décision
froide et la volonté calculatrice; des deux côtés les lèvres sont singulièrement minces; c'est bien la femme de ses lettres, où elle s'entend
aux affaires avec l'adresse et l'âpreté d'un vieux procureur. Jamais elle
n'a été brûlée du feu ni touchée des faiblesses des grandes amoureuses;
c'est au contraire une forte tête, absolument maîtresse d'elle-même,

surtout ambitieuse, et à qui les honneurs ne faisaient pas oublier l'argent.

Le maintien de la Seigneurie d'Anet, donnée par Charles VII à Pierre de Brézé en 1444 et réclamée à tort par le Domaine, puisque la condition originaire de l'existence de descendants légitimes continuait à être remplie, n'était qu'un acte de justice. Le don de Chenonceaux, que Catherine la força plus tard de céder contre Chaumont, était plus contestable puisque Diane, — on le voit par les curieuses pièces publiées par l'abbé Chevalier, — trouva le moyen de s'arranger pour avoir l'air de l'acheter. Quant au don de toute la finance du droit de confirmation des charges qui devait être payée au roi à chaque avénement, c'était une libéralité si énorme qu'elle prouve à la fois et la toute-puissance de celle qui l'obtenait, et le sens dans lequel elle se servait de son empire.

Jamais peut-être aucun n'a été plus long, plus complet et plus constant. De jalousie, il n'en était pas question de son côté. Henri II a eu trois enfants naturels, mais Diane de France, qui, plus tard, se conduisit d'une façon si française dans l'affaire de l'abjuration de Henri IV, porte le nom de la maîtresse sans être sa fille, et ces trois enfants sont de trois mères; pas une d'elles n'a joué un rôle. Il a eu quatre fils et six filles légitimes, que Diane de Poitiers a pour ainsi dire plus soignés et élevés que la reine, qui a subi sa protection jusqu'à la fin. Diane était au-dessus d'elle; elle lui envoyait son mari, et c'est peut-être à elle, ce qui est à sa louange, que Catherine, qui n'a eu son premier enfant que dix ans après son mariage, a dû de ne pas être renvoyée à Florence. Mais, malgré tout le soin des apparences, il n'est pas possible d'admettre une si longue influence en croyant en même temps, comme on l'a fait quelquefois, à une simple amitié qui serait d'un côté une affection presque maternelle et de l'autre une tendresse absolument platonique. Il n'y aurait jamais eu de sigisbéisme aussi maîtrisé, aussi constamment obéissant et aussi publiquement proclamé.

Quand Louis de Brézé mourut en 1531, à soixante-quinze ans, le futur dauphin, qui venait seulement en 1530 de revenir de sa captivité d'Espagne, n'était pas encore un homme; il avait quinze ans quand on le maria en 1533, et sa femme, qui n'a eu son premier enfant qu'en 1543, n'en avait pas encore treize; pendant quelques années, il fut marié sans l'être, et l'influence de Diane date de ce moment. N'est-ce rien que d'adopter pour les couleurs de ses vêtements le blanc et le noir, c'est-à-dire celles de veuve, que Diane n'a jamais quittées et qu'on retrouve partout à Anet? Il n'est dauphin qu'à dix-huit ans en 1533, et le croissant de sa devise, qu'on trouve pour la première fois avec une date certaine sur un jeton de 1542, se rapporte à ce changement inattendu qui lui promettait le trône; mais en même temps, dès le premier jour, le choix même de l'emblème se rapportait trop visiblement au nom de la femme pour ne pas être intentionnel et, en confondant les emblèmes des deux personnes, pour ne pas en accuser la connexion indissoluble. Quant aux vers de Henri II, d'autant plus authentiques qu'ils sont plus faibles et plus pénibles, ils sont tout à fait passionnés. Sans parler des protestants, pour qui Diane n'a pas été tendre et qui le lui ont rendu avec usure, les contemporains n'ont pas cru à ce platonisme, ni Brantôme, ni l'ambassadeur vénitien Soranzo, qui écrit, en 1551, avec peu de galanterie, que le roi, après avoir aimé Diane quand il n'était que dauphin, « l'aime et la possède encore, toute vieille qu'elle soit ». Qui sait si l'ambition prévoyante de la belle veuve, au moment de toutes les plénitudes de sa beauté, ne lui a pas fait être pour le jeune homme ce que Mme de Beauvais a été pour Louis XIV? On s'expliquerait alors un peu plus facilement par la force des premières impressions sur un caractère certainement faible l'étrange puissance et la magique durée de cet empire incontesté.

VIII. Avant d'aller plus loin, revenons sur les tapisseries faites pour Diane. Quand M. Maurice Kann nous a aimablement appris qu'il en possédait une, nous pouvions penser, avant de l'avoir vue, qu'elle s'ajouterait à celles de M. Moreau. En réalité, celle de M. Kann, également de dessin français, également faite pour la duchesse de Valentinois, appartient à une autre suite.

C'est un triomphe de Diane, avec de plus grandes figures, aux jambes longues et minces. La déesse, tenant un arc et des flèches d'or, est assise sur un grand char blanc et bleu avec des roues dorées. Comme M. Kann, à son grand regret, n'a trouvé de cette belle tapisserie que la moitié gauche, il manque l'attelage du char qui devait être tiré par deux cerfs. Derrière le piédestal, sur lequel triomphe la déesse de la chasteté, est enchaînée, comme une esclave, Vénus assise et accompagnée de l'Amour avec son bandeau. Le char est suivi d'un groupe de nymphes élégantes avec des couronnes et des branches de laurier; deux d'entre elles portent de longues lances; à l'une est attaché un carquois, à l'autre un paquet de flèches.

Il suffisait déjà, pour attribuer cette tapisserie à la dame d'Anet, de remarquer les manches des piques décorant le côté du char et semés de croissants, la bande rouge du collier d'or du grand lévrier blanc tenu en laisse par une nymphe, qui est également semée de croissants, et les étroites bordures latérales de la tapisserie offrant un ornement montant composé d'une suite de deux *peltæ*, opposées l'une à l'autre, qui sont surmontées d'un grand croissant d'argent. Mais, ce qui ne laisse aucun doute, les bordures supérieure et inférieure ont les mêmes devises que les tapisseries d'Anet, et ces devises, séparées au centre par un cartouche ovale de marbre de couleur, et terminées aux extrémités par une tête de bélier d'or, y ont plus d'importance et tenaient à elles deux toute la largeur de la bordure.

Les deux palmes ne donnent lieu à aucune observation nouvelle, mais ici, avec la dimension plus grande, on peut expliquer complètement le *Sic immota manet*, dont mes souvenirs d'Anet ne me donnaient pas assez le détail. C'est un îlot avec des palmiers, attaché par une chaîne double

PARTIE GAUCHE DE L'ÉTAT ACTUEL DU CRYPTO-PORTIQUE

(Découvert en avril 1877.)

à un rocher voisin, et sur cette île, ainsi fixée, est couchée une femme nue, dont le front est surmonté d'un croissant. Rien n'est plus clair. La femme est Latone, la mère des deux jumeaux Apollon et Diane; l'île est Délos, d'abord nommée Astérie, l'étoile tombée du ciel, puis Ortygie, c'est-à-dire la caille, parce qu'Astérie, sœur de Latone, pour échapper à Jupiter, aurait été changée en caille et se serait précipitée dans la mer, où elle serait devenue l'île flottante que Jupiter attacha par une chaîne de diamant. Ce qui nous importe, c'est cet asile inviolable donné à la malheureuse Latone, poursuivie sur la terre par le courroux de Junon. Aussi bien que le *Non frustra, Jupiter, ambas,* l'île de la devise *Sic immota manet* se rapporte de même à Jupiter et à Henri II. C'est au Dieu souverain et au Roi que les deux Dianes doivent leur sûreté et leur force. La seconde devise est ainsi dans le même sens que la première.

IX. Il y aurait trop à dire de l'architecture du château pour pouvoir entrer ici dans aucun détail de description ou d'appréciation. On ne parle pas de Philibert Delorme en quelques phrases. Il convient seulement de rappeler la découverte récente des restes du *crypto-portique* formant terrasse.

Les plans de Ducerceau, qui sont au niveau de la cour, et l'absence de vue de la façade sur le jardin n'en disaient naturellement rien; aussi M. Roussel n'avait pu en donner qu'une restitution hypothétique, en mettant au centre l'escalier et une arcade, flanquée de chaque côté par une série d'arcades égales. Il est maintenant découvert, grâce aux fouilles heureuses faites, en avril 1877, par M. Auguste Bourgeois et terminées par M. Alexandre Thierry, l'architecte actuel du château. Tous deux, le premier à l'exposition du Champ de Mars, le second au salon des Champs-Élysées, nous en ont donné l'état actuel et la restauration qui en découlait. Nous savons à quoi nous en tenir maintenant sur cette construction, faite par l'architecte, moins encore pour donner un piédestal à une façade, que pour servir de contrefort et de soutien aux vieilles fondations conservées. Il ne subsiste que les murs du fond et les fondations des piles des arcades antérieures[1]; mais on y voit qu'il n'y avait, sur chaque côté de l'escalier central, que trois arcades, dont l'une plus large, qui s'arrêtaient aux pavillons. Par les fondations on voit que l'escalier en *croissant* partait de sa base et arrivait à la terrasse par des parties un peu plus étroites qui en formaient comme les pointes; mais, sans l'insistance de la phrase de Delorme, on ne s'en serait guère aperçu. A chaque extrémité de ce crypto-portique, décoré d'enfoncements et de niches sur tout son parcours, se trouvait, au droit des pavillons, un espace plus grand, couvert d'une demi-coupole, où l'on n'accédait que par la galerie. Celui de droite présente la particularité d'un exèdre formé de degrés demi-circulaires. Les cinq premiers, qui sont convexes, servent de marches; les cinq autres, qui sont concaves et servent de bancs, ferment le cercle. Il est curieux de se souvenir que, dans le volume consacré par Guillaume Rouillé à l'entrée de Henri II à Lyon en 1549, la planche représentant le débarcadère du quai de l'Archevêché, montre celui-ci composé du même nombre de degrés et disposé de même. Delorme n'était plus à Lyon en 1549, mais on peut voir là une trace de ce qu'il avait rapporté à Lyon d'imitations de l'architecture antique.

---

1. Le dessin que nous en donnons a été pris sur les lieux mêmes par M. Goutz-willer en même temps que celui de la tapisserie de Latone. M. Bourgeois en a publié en 1878, avec un feuillet de texte, deux planches in-folio de vues et de plans.

X. Je n'ai pas à parler de la grande chapelle, si admirablement construite que sa voûte, qui est en même temps le toit extérieur, n'a pas souffert du temps, et qu'à l'intérieur la pierre de Vernon, qui se ronge à l'humidité de l'air et de la pluie, a gardé sa blancheur immaculée; il semble qu'elle soit taillée et ravalée d'hier, et les marques noires des rognons siliceux, qui s'y rencontrent par place et qu'on est forcé de respecter, la tachent par endroits comme au premier jour. Je signalerai seulement que les trois supports, en pierre relevée de marbres noirs, des trois autels qui se trouvaient au chevet et dans les deux bras de la croisée, ont été retrouvés dans les magasins du Louvre par M. Barbet de Jouy, qui les a exposés dans l'embrasure d'une fenêtre du Musée de sculpture moderne. M. Moreau, pour relever à Anet une charmante vasque de marbre retrouvée en terre, l'a très heureusement fait compléter par une copie de ce support, bien reconnaissable dans la planche de Ducerceau. Au Louvre, on leur restituerait leur valeur en leur faisant porter une belle tranche de marbre qui leur rendrait leur forme de pied unique, sur laquelle portait à son point central une table quadrangulaire.

Mais une curiosité bien grande, c'est qu'on peut voir maintenant à Paris, à l'église de la Sorbonne, dix des Apôtres, en pierre de Vernon, qui décoraient les douze niches intérieures de la grande chapelle. Lenoir les avait sauvés, et, comme ils avaient fort besoin d'être restaurés, il ne les avait pas exposés. Plus tard, ils furent envoyés à la chapelle de l'École de Saint-Cyr, où ils furent longtemps comme perdus et d'où on les a fait revenir, en croyant d'abord mettre la main sur les Apôtres que Claude Berthelot avait sculptés, sous Louis XIII, pour l'église bâtie par le cardinal de Richelieu. Ce sont incontestablement ceux de la chapelle de Diane et il faut convenir que, s'ils sont charmants, ils sont peu austères et que le sculpteur ne s'est en rien préoccupé des pêcheurs et des artisans de la Galilée. Déjà les anges à six ailes de l'autel de la paroisse d'Anet nous font voir une grâce troublante et une élégance presque scabreuse. Les Apôtres de la chapelle du château ne les effaroucheraient pas, et ils n'ont dû troubler ni les courtisans ni les « belles et honnêtes dames ». Ils sortent du bain parfumé, et leur peau brillante sent encore bon. Ils sont surtout très bien mis, et leur linge est de la meilleure faiseuse. Leurs chemises, — on ne peut pas dire leurs tuniques —, sont claires, transparentes, plissées à ravir, et leurs cols sont ruchés ou tuyautés à merveille. Ils sortent des mains du baigneur, et le coiffeur a mis de longs soins à pommader leurs cheveux et à les friser en petites boucles. Vieux ou jeunes, barbus ou imberbes, chauves ou chevelus, ce sont, bien avant Henri III et l'*Ile des Hermaphrodites*, de vrais *mignons*, présents ou passés, en herbe ou en gerbe, comme on eût dit, et rien n'est aussi peu religieux. La restauration, qui n'était que trop nécessaire, a un peu assimpli les draperies en les épaississant; elle a fait disparaître les traces de couleur bleue qui se voyaient encore à quelques vêtements, et les restes de dorures qui relevaient les broderies des ceintures ou les courroies des sandales, mais il s'en dégage encore un parfum bien singulier d'élégances mondaines, qui leur donne un caractère particulièrement étrange.

XI. Il faudrait parler, au point de vue de l'architecture, de la chapelle funéraire, qui est d'un tout autre sentiment que celui de Philibert Delorme. Elle a été ordonnée par le testament de Diane et n'a été consacrée qu'en mars 1577. Le devis et marché qu'en possède notre ami M. Fillon, et qui n'a été publié qu'incomplètement, est du 6 juin 1566, et l'architecte y est nommé. L'on sait malheureusement les difficultés de l'écriture notariale au xvie siècle, et le nom de l'artiste, qui est qualifié d'architecte du Cardinal de Lorraine et du Duc d'Aumale, celui-ci l'un des gendres de Diane, se peut lire de deux manières. Si les traits accessoires ne sont que des fioritures de fantaisie comme il y en a tant, il faut lire Claude de *Foucques*. Si, au contraire, ils doivent compter pour une abréviation, il y aurait lieu d'y voir *Foucquères*, et je serais plutôt de cet avis. Malheureusement on ne le connaît pas ailleurs, et c'est la première fois que se révèle cet habile homme.

Je ne remarquerai pas, avec le Rapport de l'Académie d'architecture de 1678, que, dans son portail orné de quatre pilastres, « les bases sont attiques, les chapiteaux corinthiens et l'entablement composé », mais que dans sa façade de pierre, qui est désorientée et plantée en plein midi, tous les profils et toutes les moulures des bases, des pilastres et des chapiteaux sont d'une exécution très serrée et sévèrement précise, qui va jusqu'à s'approcher de la sécheresse. L'ensemble, qui est plat, est d'un dessin élégamment ferme, mais les côtés, l'abside et l'intérieur ont une bien autre tournure malgré leur extrême sobriété. Tous les fonds sont en briques, et toutes les lignes sont de pierre blanche, non pas à l'état de chaînes et de bossages comme plus tard sous Henri IV, mais à l'état de bandes unies et de cadres. Il en résulte une harmonie sobre, qui s'inspire, en lui donnant un autre caractère, plus ferme et plus tenu, des beaux temps où l'Italie moderne a consenti à rester simple. La façade n'est ici qu'un placage et un beau décor; mais, dans tout le reste, la manière dont toutes les parties de la construction sont accusées et visibles est partout une raison de charme, de grâce et de nouveauté.

Par contre, ce qui reste de la partie sculpturale, largement et faci-

lement faite, vise à la décoration plus qu'à la pureté. Ce sont, au-dessus
de la porte et des deux côtés d'un soubassement surmonté d'une fenêtre
ronde, deux figures en faible relief, représentant, sous la forme de deux

L'UN DES APÔTRES DE LA GRANDE CHAPELLE D'ANET.

(Église de la Sorbonne, à Paris.)

anges, l'Ancienne et la Nouvelle Loi, et, dans deux niches, les statues en
pierre, très mouvementées, de la Religion foulant aux pieds l'Hérésie, et
de la Charité avec trois enfants. Les proportions ne sont pas toujours très

correctes ; elles semblent comme improvisées par un ciseau assez sûr
de lui-même pour compter sur les bonheurs de sa hardiesse et sauver,
par le brio de l'aspect, les défauts de détail. En somme, elles sont fines
dans leur travail sommaire, d'une fierté souple et, en place, d'un effet
brillant. Nous reproduisons les deux dernières d'après les eaux-fortes
de M. Paul Laurent, et nous devons dire qu'il a rendu à merveille le
caractère peu ordinaire de ces statues, qui compensent les inégalités de
l'exécution par le grand air de leur tournure et de leur mouvement
général.

La Vierge de pierre, couverte d'une épaisse couche jaune de peinture à l'huile, qu'on voit dans l'église de Pacy-sur-Eure, doit être celle
qui figurait sur l'autel de la chapelle funéraire. Avec une grâce plus
molle elle peut être du même ciseau que la Religion et la Charité. Elle
est longue jusqu'aux genoux, et l'une de ses jambes est un peu courte ;
mais, par ses draperies légères et non empesées, par les ondes de ses
cheveux, par la longueur de ses doigts minces et recourbés, surtout
par le contraste de son mouvement, elle est tout à fait élégante et se
sauve de l'afféterie par une certaine fierté délicate qui reste aussi noble
que féminine.

On conserve à Versailles la lourde statue de Diane à genoux, les Har-
pies posées sur des coussins et d'autres fragments de son tombeau, dont
on peut voir la restitution dans le livre de M. Roussel. Jamais l'auteur
des figures de l'œil-de-bœuf du Louvre, des Nymphes de la fontaine des
Innocents et des claveaux de la porte de l'hôtel Carnavalet, n'a pu com-
poser ni exécuter quelque chose d'aussi lourd, d'aussi compliqué et
d'aussi confus. Pourtant, dans la partie consacrée à ce tombeau dans le
marché de Foucquères, qui en était chargé comme de la construction, on
lit entre les lignes le nom *Goujeon*, écrit au crayon par une grosse écriture du XVIe siècle. Il faut remarquer que la chapelle n'a été terminée
qu'en 1577 et qu'à cette époque il y a bien des années qu'on n'a plus de
traces de Jean Goujon. Y en a-t-il eu deux ? Déjà, à Carnavalet même,
l'infériorité de certaines parties des grands bas-reliefs des Saisons ferait
penser que, si leur dessin semble du maître, l'exécution pourrait être
d'une autre main. De plus, on peut remarquer que le personnage dont
M. Fillon avait mis, à l'exposition des portraits historiques, le portrait à
la plume qui porte aussi le nom ancien de *Goujon*, est vêtu d'un costume qui sent moins le goût de Henri II que celui de l'extrême fin des
Valois. Ce portrait énigmatique, qui est bien celui d'un sculpteur puisqu'il tient à la main, soit un gros ciseau, soit un coin de médaille, ne
serait-il pas celui d'un second Goujon, qui serait alors l'auteur du tom-

beau d'Anet? On pourrait aussi se demander si le Sébastien *Gouion,* éditeur et graveur d'estampes sous Louis XIII, n'est pas aussi un *Goujon* et s'il n'est pas de la famille du premier. Ce sont là autant de questions qu'il m'est impossible de résoudre, mais qu'il fallait au moins signaler.

XII. Une des plus belles choses d'Anet, c'était la Diane chasseresse de Jean Goujon, appuyée sur son cerf et accompagnée de ses deux chiens Procion et Sirius. C'est un des honneurs de la Renaissance française aussi bien que du Louvre, et il n'est pas besoin d'insister. Je renverrai seulement à la gravure que nous en avons donnée précédemment et à la récente publication si précieuse du Journal de Lenoir par notre ami M. Courajod. On trouvera, dans son premier volume, sur elle et sur tout ce que Lenoir a sauvé d'Anet, des mentions très nombreuses. On savait déjà qu'elle avait été remise en état par le sculpteur Beauvallet, mais on a là le détail précis des restaurations. On y apprend que Lucien Bonaparte a fait prêter par l'École des Mines au sculpteur un bois de cerf dix cors pour le mettre à même de rétablir la ramure brisée de la bête, et aussi que le corps et les jambes de la déesse avaient été séparés l'un de l'autre, et que tout le groupe avait été coupé en morceaux pour arracher les tuyaux de cuivre qui avaient servi au passage des eaux. Par conséquent la fontaine, dont la planche de Ducerceau nous donne le soubassement, assez bizarre avec l'ovale de ses arcatures à jour et le petit couloir qui encadrait le bassin carré, avait originairement d'autres jets d'eau que ceux des quatre chiens accessoires posés sous les extrémités du sarcophage. Le groupe triomphal du sommet faisait autre chose que décorer la fontaine ; les deux chiens peut-être, et tout au moins le grand cerf, avaient dû jeter aussi de blancs filets dans le bassin, qui paraît cependant avoir été bien étroit pour recevoir le quart de cercle d'une eau tombant d'aussi haut.

Sans insister sur ce beau groupe, il est bon d'en signaler un détail. Le *vase* qui supporte la figure, — c'est le terme du temps, — est orné d'écrevisses et de crabes. Ils ne sont pas là seulement parce que ce sont des animaux aquatiques, car on trouve à la même époque des crabes dans les marques figurées de nos libraires. Le crabe de Jean Frellon, qui tient dans ses pinces un papillon, a pour légende *Matura* et une autre fois un distique grec : Σπεύδει, etc., qui se traduit ainsi : « Il se hâte lentement, et sous des astres heureux est né celui qui fait avec réflexion toutes ses actions. » La bizarrerie du choix de ces bestioles comme motif de décoration n'est donc qu'apparente. Avec les préoccupations et les habitudes allégoriques de l'époque, il n'est pas douteux que ces crabes

et ces écrevisses, qui rappellent l'idée de la lenteur par leur marche,
ne soient là aussi pour exprimer une pensée philosophique et un com-

STATUE DE LA RELIGION.

(Façade de la Chapelle funéraire d'Anet.)

pliment élogieux en l'honneur de la grande *Anctis*, « le nom attribué en
Perse à Diane », comme le disait Jacques Gohorry, Parisien, traducteur

de Rogel de Grèce, c'est-à-dire du onzième livre de l'Amadis de Gaule,
dans la dédicace qu'il en faisait en 1554 à la créatrice d'Anet.

STATUE DE LA CHARITÉ.

(Façade de la Chapelle funéraire d'Anet.)

XIII. Du reste, Anet présenterait au besoin plus d'une énigme. En
voici une qui n'a été, que je sache, résolue ni même soulevée par per-

4

sonne. La charmante balustrade des terrasses qui flanquent la porte triomphale de l'entrée, se compose d'ornements à jour. Point de doute sur le double Δ et sur le double D, mais, en même temps et avec la même importance, se trouve un monogramme encore inexpliqué. Comme l'H de Henri II ne figure pas dans cette balustrade et que l'initiale du prénom de Diane s'y trouve, il s'ensuit que l'autre indication doit se rapporter à son mari, et, dans ses *Monogrammes historiques*, M. Aglaüs Bouvenne a raison de le donner comme celui de Louis de Brézé, en le signalant sur le tombeau de la cathédrale de Rouen où il se trouve, non seulement sur le caparaçon du cheval, mais sur les écussons portés par les deux chèvres assises sur l'entablement; la devise assez singulière de Louis de Brézé était : *Tant gratte chèvre que mal git*. L'attribution est certaine, mais l'explication manque. Ce sont deux lettres; l'une est un E ou plutôt un C, du gothique le plus élégant, et sous lui un cercle traversé d'une barre et accompagné sur le côté d'une ligne droite. C'est sa forme à Anet, sur l'écusson des chèvres et sur un des côtés du caparaçon du tombeau, tandis que, sur l'autre côté de la même housse, il est figuré comme un E lunaire ou comme un C traversé d'un I posé horizontalement. Tout cela ne donne ni un B ni un L. Le C qui paraît s'y trouver se rapporterait-il à cette Charlotte de Brézé, la sœur naturelle de Louis XI et la mère de Louis, que son mari avait tuée pour l'avoir surprise avec un de ses veneurs, et par laquelle Diane, dont l'enfance avait été nourrie auprès de Mme Anne et de Mme Claude, la femme de Louis XII et la future femme de François Ier, était directement alliée à la famille royale. Les tragédies sanglantes s'oubliaient alors et s'effaçaient facilement sous le silence, et le fils de Charlotte a pu rappeler, dans son monogramme personnel, le nom royal de sa mère, mais ce n'est là qu'une supposition; elle ne résout pas la question assez sûrement pour être acceptée. Ce monogramme était au reste ailleurs que sur la balustrade des terrasses d'Anet. M. Roussel, dans sa planche de carreaux émaillés, en a donné deux différents, dont l'un surtout paraît porter bien clairement un C gothique et l'E lunaire à très longue barre centrale.

Disons ici que, si l'on a parlé quelquefois de Palissy comme ayant travaillé pour Anet, le fait est moins que probable. Outre sa qualité de protestant, ce n'est pas sous Henri II, mais sous ses fils qu'il a quitté sa province et qu'il est devenu célèbre. Il était de plus employé par la Reine-mère, pendant le veuvage et la régence de qui Diane, morte d'ailleurs en 1566, a naturellement beaucoup moins fait travailler à Anet, qui était terminé depuis longtemps.

XV. Du reste, l'on ignore et l'on ignorera probablement toujours les noms du monde d'artistes qui ont travaillé à Anet. Dans une de ses lettres au Connétable de Montmorency, datée du 17 octobre et attribuée par M. Georges Guiffrey à 1551, elle ne parle que du bâtiment :

« Si je sçavoys quelque chose de nouveau, je vous en feroys part, mays je ne vous sçauroys parler que de mes massons, où je ne pertz une seulle heure de temps, et espère, que quand viendrez icy, que vous y trouverez quelque chose de nouveau où vous prendrez plaisir. »

Le moindre nom d'*artisan* nous en apprendrait davantage. Dans le second volume encore inédit de ses Comptes des bâtiments royaux, M. de Laborde nous apprend que Jean Marchand, tailleur de pierre à Paris, fait dans la cour de Saint-Germain-en-Laye une fontaine triangulaire de trois pieds et demi de côté, ornée de trois dauphins.

Cette forme exactement triangulaire, c'est le *delta* de la favorite que sa royauté a mis alors à la mode dans les arts, particulièrement dans l'orfèvrerie, mais ce qui est ici particulièrement intéressant, c'est que le marché est passé à Anet même par le notaire et par le bailli d'Anet. Puisque Marchand y était, pourquoi n'y aurait-il pas travaillé?

Serait-ce de lui qu'était la seconde fontaine, celle élevée dans la cour de droite à la Nymphe d'Anet, dont Simeoni a parlé? Quant à la statue elle-même, dont toute trace a disparu, la phrase de Piganiol, qui la décrit « vêtue d'une chemise mouillée dans les plis de laquelle le sculpteur avait déployé tant d'art et en même temps une si grande vérité que l'œil s'y trompait et hésitait un instant, ne sachant s'il voyait l'œuvre d'un homme ou une baigneuse véritable », fait tellement penser à la beauté des Nymphes de la Fontaine des Innocents que cette *Aneta Ninfa* était de tous points leur sœur, et que le marbre ne pouvait être aussi que l'œuvre du ciseau de Jean Goujon.

Son nom et celui de Delorme suffisent à la gloire d'Anet, mais la curiosité ne peut se soustraire à bien des regrets. Le sieur de La Varenne, dans son Voyage en France de 1687, parle de la grande salle et des chambres « vitrées de cristal », mais Anet était célèbre par ses vitres plus claires, peintes en émail dans un ton de camaïeu monochrome. Lenoir, qui savait parfois trop de choses, les a attribuées sans hésitation à Jean Cousin. Mais ni Delorme qui en parle comme des premières de leur genre faites en France, ni Le Vieil, ni Le Marquant, ne prononcent le nom du verrier sénonais, et nous ne pouvons pas en dire plus qu'eux. Le seul indice serait qu'un des moulins du village d'Anet a appartenu à cet orfèvre parisien, Jean Cousin l'aîné, dont on connaît le nom ; mais il faudrait pour cela avoir la preuve qu'ils sont parents, et je ne suis pas le seul à n'en rien savoir.

Un moment j'avais espéré pouvoir trouver quelque chose ; je me suis donné la peine de dépouiller les registres de la paroisse d'Anet. J'y ai trouvé quelques noms d'artistes de la fin du xviie siècle, qui ne nous intéressent pas ici ; avant 1576 et 1589, dates des seconds registres, il n'y en a qu'un seul, celui des décès de 1548 à 1552, et il ne m'a offert que ces trois lignes :

« Novembre 1551. Le xxvie dudit moys est décédé *Pierre*, painctre.

« Juillet 1552. Cedit jour (le 22), est décédé un enfant à *Aymon*, le painctre.

« Août 1552. Le xviie jour dudit moys est décédé un masson, lequel a été tué au bâtiment. »

La récolte est plus que maigre, puisque nous ne trouvons pas ailleurs ni ce Pierre, ni cet Aymon. Ils ont peut-être travaillé à ces peintures si vantées d'Anet, décrites par Ponthus de Thyard, à la façon des tableaux de plate peinture et des « images » traduits par Blaise de Vigenère de Philostrate et de Callistrate, et si curieusement signalées ici même (voir *Gazette*, VI, 214-25) par M. Feillet, et dans lesquelles Ponthus introduit dans une composition un « lavatoire tel que celui même d'Anet et dont la vertu se peut rapporter à ce lieu ». Mais deux noms tout secs sont un bien mince résultat. S'il est vrai qu'on ne trouve guère sans chercher, il est encore plus vrai de dire qu'on peut chercher beaucoup sans trouver.

XVI. On le voit, ces notes juxtaposées, qui ne sont ni un compte-rendu du livre de M. Roussel, ni une description de *Dianet*, comme l'appelle Joachim du Bellay, sont moins sur le sujet qu'à côté de lui, et il y aurait bien d'autres choses à dire. Je ne parlerai que de quelques menus objets et un peu, — très-peu, — de la bibliothèque de Diane.

Et d'abord écartons quelques objets qui lui ont été attribués par erreur.

Il existe au Cabinet des médailles deux bracelets charmants du xvie siècle, formés par une série de coquilles gravées en relief ; on les a appelés les bracelets de Diane de Poitiers. M. Chabouillet, dans son excellent catalogue (nos 673-4), dit que rien ne vient à l'appui de cette attribution et il a raison. Il n'y a pas même de croissants ; sous les fermoirs il y a seulement l'entrelacement de deux C adossés.

M. Roussel a donné très justement un dessin de la coupe en cristal du Cabinet de Florence et une chromolithographie de son couvercle en

COUPE EN CRISTAL DE ROCHE AVEC COUVERCLE EN ÉMAIL.

(Cabinet de Florence.)

émail. L'habile dessin qu'a fait pour la *Gazette* M. Goutzwiller, d'après une photographie, nous dispense d'une description.

Mais l'attribution à Diane est-elle incontestable? Ne serait-ce pas un ouvrage de ce Valerio dei Belli de Vicence, si fréquemment employé par le Pape Clément VII? La cassette de la Passion, datée de 1532 et payée deux mille écus d'or, qui a été donnée par le Pape à sa nièce Catherine, lors de son mariage avec le Dauphin, est maintenant au Cabinet de Florence, au moins depuis 1635 (Vasari de Lemonnier, VII, 246). Il serait bien naturel que cette pièce exceptionnelle ne fût pas la seule donnée par le Pape à la Dauphine. Si nous avions l'émail du couvercle sous les yeux, il serait possible de reconnaître absolument s'il est ou non de travail français; le dessin est posé sur un fond clair, ce qui ne sent guère les habitudes de Limoges; il est aussi plus précis, plus mathématique, moins libre et moins à l'effet; le croissant qui sert de bouton ne ressemble pas à ceux de France, toujours minces, très longs, « presque clos », comme on disait. En même temps que les deux deltas enlacés, l'un blanc et l'autre noir, peuvent aussi bien se rapporter à la devise royale qu'au prénom de la reine de la main gauche, les H D sont sommés de la couronne royale fermée, qui caractérise le roi ou la vraie reine officielle, mais eux seuls. Tout porterait donc à faire penser que la coupe est probablement entrée dans la collection des Grands Ducs avec la cassette. Dans ce cas Diane n'y serait pour rien.

J'accepterais plus volontiers le joli vase de marbre blanc de la collection Revoil, possédé par le Louvre. M. Sauzay (*Objets d'art du Moyen Age et de la Renaissance*, 1864, B, n° 10) dit seulement que ses quatre parties, séparées par deux têtes de Méduse et par deux anses pleines, sont décorées du monogramme de Henri II, de l'arc, du carquois et du croissant. Mais il y a de doubles deltas, et surtout le croissant et la flèche sont plantés sur un tombeau; c'est le corps de la devise de veuve de Diane : *Sola vivit in illo*. Si ce mortier était plus grand, les deux petites rigoles latérales de son bord pourraient faire penser à une de ces mesures officielles pour les grains qui se faisaient si fréquemment en pierre et en bronze, pour servir soit de types dans les marchés, soit pour la livraison des redevances; mais sa petite dimension, — il n'a que neuf centimètres de haut sur treize de large —, ne permet pas de le croire. C'est bien un petit mortier, objet de luxe et d'apothicairerie ou de toilette, destiné à piler des cosmétiques ou des parfums.

Nous donnons ici le dessin d'un verrou qui doit provenir du château. Il serait plus curieux encore de donner le dessin d'une belle clef authentique, en se rappelant l'amusant détail que je trouve encore dans le se-

cond volume de M. de Laborde. Il s'agit de Saint-Germain, mais partout
où le roi était, il était chez lui. Or le serrurier de Saint-Germain fait
pour le roi une clef à passer partout ; elle ouvre non seulement les portes
de l'escalier à vis qui descend aux galeries et les quatre serrures de la
chambre du roi, mais aussi — les comptes sont parfois bien indiscrets —
« les trois serrures de la chambre de Madame la Grand-Séneschalle ».
Voilà un passe-partout vraiment historique ; il manquait au Musée des
souverains.

XVII. Dans les menus objets qui viennent bien authentiquement de
Diane, j'en puis signaler un bien curieux. Trop souvent la confusion

PETIT MORTIER EN MARBRE AUX EMBLÈMES DE DIANE.

(Musée du Louvre.)

produite par la convenance de son prénom et de la devise royale était
trop naturelle et trop facile pour que bien des choses, faites pour l'un ou
pour l'autre, ne présentassent pas leurs emblèmes communs. L'objet
dont je vais parler, et qui le prouvera, est aussi curieux qu'inattendu.
C'est le parasol de Diane, et il est exceptionnellement authentique. Il
appartient aujourd'hui à M. le comte de Reiset, chez lequel je l'avais
vu, il y a quelques années, parmi les curiosités réunies dans son château
de Breuil-Benoît, près de Dreux, et qui a bien voulu mettre la *Gazette* à
même de donner le dessin de cette presque incroyable rareté ; mais ce
n'est pas entre ses mains un objet de collection rencontré par hasard et
attribué par induction. C'est par héritage qu'il lui vient de Mme de Para-
bère, et par celle-ci de Diane elle-même. C'est un parasol à long

manche; l'épaisse moire antique verte qui le recouvre est, comme sa frange d'or, de la fin du xviie siècle ou du commencement du xviiie, et il doit avoir perdu, dès cette époque, quelques-uns de ses agréments anciens; la tête du manche est moderne et il n'a plus son bout, qui devait être aussi en or et être soit un ornement, soit un croissant, soit simplement un anneau; mais l'étoffe est certainement moins large qu'à l'origine. Ce n'est plus qu'une ombrelle à haute tige, comme celles que les bains de mer ont mises à la mode; c'était autrefois un de ces larges parasols plats, à l'orientale et à la vénitienne, portés à la promenade, derrière la personne, par un jeune page ou par un négrillon, comme ceux que l'on voit derrière les balustrades de Véronèse ou dans les promenades fantaisistes de Tiepolo.

L'ornementation, comme on le voit dans le dessin de M. Goutzwiller, est tout entière à l'intérieur, sur la charpente des baleines. Le cylindre, avec ses croissants, et de minces branchages feuillus et fleuris, qui étaient émaillés de blanc et de vert, est au bas du manche; il y en a un second, moins important, à peu près au milieu; l'attache des baleines, comme on le voit par le détail ci-joint, n'est pas à charnières, et leur ouverture est maintenue par une goupille d'or, naïvement passée dans un trou. Quant aux deux nœuds sur lesquels elles jouent, ils sont en bois des îles rouge et très dur, probablement en *brésil*, comme les dards des nymphes de Diane dans l'entrée à Lyon, si bien racontée par Brantôme. Quant aux trois croissants d'or qui décorent ces nœuds, ils sont fixés par trois clous d'or et émaillés de trois couleurs; le blanc y est opaque, mais le vert et surtout le rouge sont translucides. Le travail d'orfèvrerie est des plus délicats. Ce parasol est bien curieux; mais que ne donnerait-on pour la statuette équestre de Diane, en argent, qui décorait encore en 1759 l'appartement du roi à Anet? Dans une description antérieure, de 1640, il est question de nombreux portraits de Diane de Poitiers, « tantost peints en chasseresse, en la forme et nue comme la Diane des anciens, tantost richement vestue et en grande pompe à la mode du temps, tantost comme elle étoit en ses plus jeunes ans, et tantost plus agée, bref en diverses postures et équipages ». Comme Artémis n'est nullement une déesse équestre, la statuette d'argent ne devait pas être à l'antique, mais costumée à la moderne. Elle n'en serait que plus curieuse, et l'on y verrait si Diane continuait à monter à la planchette, ou si elle avait adopté la mode de Catherine de mettre le genou droit sur l'arçon.

XVIII. Enfin, parmi les merveilles d'Anet, il fallait compter la bibliothèque, car, à l'imitation du Roi, Diane de Poitiers en avait une fort

belle, aussi riche en manuscrits qu'en beaux livres. On est trop habitué
à considérer comme venant d'elle la plupart des manuscrits de notre
grande Bibliothèque nationale qui ont des croissants, des carquois et des

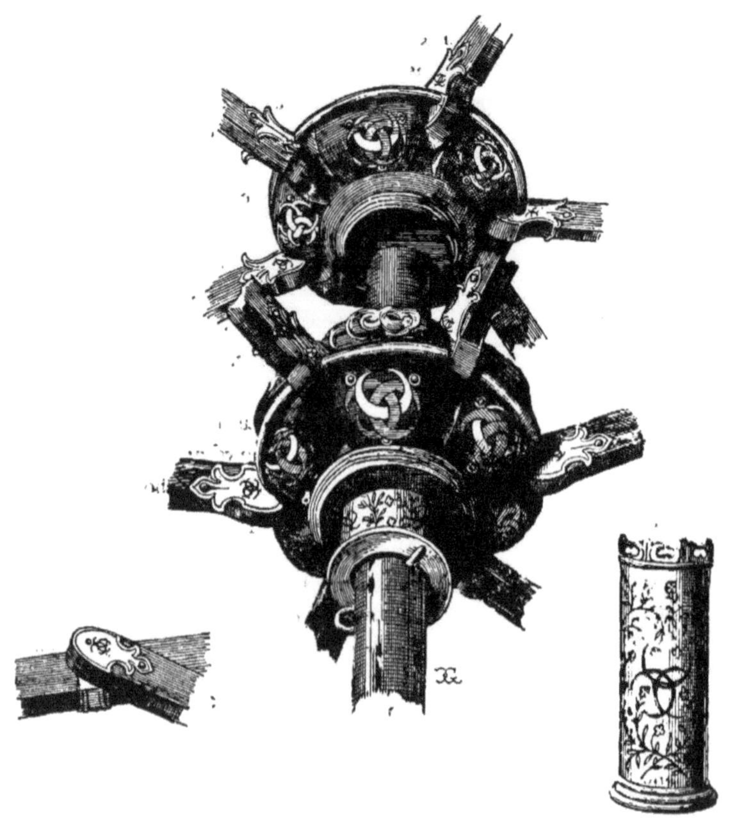

DÉTAILS DU PARASOL DE DIANE DE POITIERS.

(Collection de M. le comte de Reiset.)

H D. Sauf de très rares exceptions, c'est une erreur. Ce sont les manuscrits de la collection de Henri II ; ils sont royaux dès l'origine, et ceux
de Diane ne sont à aucune époque rentrés en masse dans les collections
du Roi. Après être restés à Anet plus d'un siècle et demi après la mort
de Diane, ils finirent par être vendus aux enchères « après le décès de
Madame la Princesse, en son château royal d'Anet ». Le catalogue som-

5

maire, qui est une rareté, a été imprimé par les soins du libraire parisien Pierre Gandouin, chargé de la vente [1].

Le nom de Diane n'est pas même prononcé une seule fois ; à coup sûr, personne, ni la Duchesse d'Aumale ni aucun des Vendôme, n'a ajouté un seul manuscrit. En fait de livres, il y en a quelques-uns de la fin du xvie siècle et du xviie ; mais en réalité ce n'est pas autre chose que toute la bibliothèque de Diane de Poitiers.

Ce qui caractérise les collections de manuscrits de François Ier, de Henri II et même de Catherine, — chose très naturelle à la fois par l'admiration de la renaissance antique et par le sentiment, fût-il vaniteux, que ceux qui sont en haut doivent faire ce que les autres ne font pas, — c'est la réunion de chefs-d'œuvre de l'antiquité. A coup sûr, François Ier, Henri II et plus tard Louis XIV ne savaient pas le grec et ne se servaient pas de leurs manuscrits latins ; ils en avaient même, et avec raison, d'hébreux et d'arabes, qu'on achetait pour eux. Au contraire, et elle avait aussi raison de son côté, Diane n'a eu que des manuscrits français.

Sur vélin, elle a eu plus de cent cinquante manuscrits ; sur papier, plus de cent, et, si la collection existait aujourd'hui, elle serait admirable. Sans traiter d'aucune façon le sujet, qui est en dehors des matières de ce recueil, il est vraiment impossible, à propos du château d'Anet, de ne pas lui faire honneur de cette richesse de bon aloi.

Les manuscrits latins n'y comptaient pas ; à peine y pourrait-on citer le Matteo Palmieri, *De temporibus ad annum 1448*, parce qu'il est dédié à Pierre de Médicis, fils de Côme, et un traité sur Jeanne d'Arc, *De puellâ Aurelianensi*, par Jacques, d'abord prêtre de Tours et ensuite d'Yverdon, « minister ecclesiæ Turonensis, nunc Ebredunensis ». Quand on y aura ajouté une Bible en provençal et le *Breviario d'Amor*, en vers, par Frère Ermengaut de Béziers, grand in-folio « orné de très belles miniatures en grand nombre », ce qui n'est pas commun pour les manuscrits provençaux, on aura cité ce que Diane avait de plus curieux en fait de manuscrits non français.

Pour ceux-là, on serait plutôt embarrassé de leur nombre et de leur valeur. Un certain nombre consiste en traductions, dont quelques-unes de l'italien : le *Courtisan*, de Balthazar de Castiglione, le code de la

---

1. Indiquée d'abord pour le commencement de novembre 1724, elle fut reportée au 15 du même mois, et le libraire prévenait, en tête d'une addition au détail des livres, qu'il s'était déterminé à faire imprimer le catalogue parce que « quelques particuliers des pays étrangers lui avoient fait savoir qu'ils souhaiteroient avoir une connaissance du contenu en la bibliothèque de Madame la Princesse ».

bonne compagnie au seizième siècle; — les *Faits des nobles hommes*, de Pétrarque, datés de 1409 et décorés de plus de 400 miniatures; — les *Triomphes*, traduits du même en prose, par Georges de La Forge, Bourbonnais. Comme il convient, sauf les *Éthiques* et les *Politiques* d'Aristote traduites par Nicolas Oresme, les traductions viennent surtout du latin, et l'on remarquera que beaucoup datent du temps de Charles V, pour lequel on en a tant fait. Qui sait même si le plus grand nombre des manuscrits de Diane n'étaient pas des doubles de la collection royale et ne lui venaient pas de la libéralité de Henri II? En tout cas, elle avait des traductions de Salluste; des traités de Cicéron, par Jean de Fremur; des *Métamorphoses* d'Ovide; des *Décades* de Tite-Live (dont l'une faite par Jean Berceure pour le roi Jean); de Lucien; de Quinte-Curce; plusieurs de Valère-Maxime, l'une du temps de Charles V, une seconde de Jean de Hesdin, maître en théologie des Hospitaliers de Jérusalem, terminée en 1401 par Jean de Gonesse, maître ès arts, et une troisième, transcrite en 1420; — le *Végèce*, de Jean de Meun; — la *Consolation de la philosophie*, de Boèce, en vers; — la *Cité de Dieu*, de saint Augustin, traduite par Raoul de Presles; — et trois manuscrits de l'Histoire grecque et romaine, par Jean de Courcy, normand, dont deux étaient datés, l'un de 1416 et l'autre de 1431.

Les Bibles françaises et les Heures ne pouvaient manquer. Il est plus intéressant d'y trouver : le *Miroir* de Vincent de Beauvais; le *Trésor* de Brunetto Latini; le *Bestiaire*, en vers, de Richard de Furnival, écrit en 1285; le poëme de l'*Image du monde*; le *Pèlerinage*, en vers, de Guillaume de Guilleville, écrit en 1358; les *Propriétés des choses*, de Jean Corbichon, écrites en 1372; l'*Arbre des batailles*, d'Honoré Bonnet; l'*Arbre de sapience*, daté de 1469; le *Jeu des échecs moralisé*, le *Songe du vieil pèlerin*, le *Roi Modus*, le *Livre du philosophe Sidrac*, et le *Rustican* « des profits champêtres ».

Les ouvrages plus célèbres y sont aussi : l'inévitable *Roman de la Rose*; les poésies de Guillaume de Lorris; un *Renart le nouvel* de 1390; les *Voyages d'Hayton en Orient*; *Prudence et Mélibée*, ainsi que la *Cité des Dames*, de Christine de Pisan; le *Jouvencel*, du sire de Bueil; les *Complaintes* et le *Traité de l'Espérance*, d'Alain Chartier.

L'histoire de France y est aussi curieusement représentée : par le *Roman de Duguesclin*; par Froissart; par un poëme sur la mort de Philippe de Commines, transcrit en 1501[1]; par des *Regrets sur la mort de*

---

1. Après avoir passé dans la collection du cardinal Dubois, il est, depuis le

Gaston de Foix; par la *Chronique française*, en vers, de Guillaume Cré-
tin, et par le curieux *Dialogue entre les hérauts de France et d'Angle-
terre*, dont M. Paul Meyer est précisément occupé à terminer la réimpression pour la Société des anciens textes français.

Parmi les romans on y trouve : l'un des plus importants de la poésie
épique du moyen âge, le roman en vers de *Guillaume au cornet* ou
au court nez, et, avec lui, le poëme de Benoît de Sainte-More sur
la *Destruction de Troie*; les romans de *Thèbes* et d'*Énéas*; celui
d'*Alexandre*, par Alexandre de Paris et Lambert li cort, avec le *Testament d'Alexandre*, par Pierre de Saint-Cloud, et sa *Vengeance*, par Jean
le Névelois; le *Saint-Graal*, traduit par Luce, chevalier, sieur du château
de Salesbières; les *Sept sages de Rome*, en vers; le *Prince Érastus, fils
de Dioclétien*, et un grand *Tristan* de la dernière heure, daté de 1509.

Tous ceux-là, et j'en saute plus que je n'en cite, sont sur vélin,
beaucoup très grands, c'est-à-dire relativement assez récents, mais très
beaux et criblés de miniatures; mais il y en a aussi sur papier, par là
même très probablement du xvᵉ siècle. Les plus curieux, en dehors de la
Vie de sainte Radegonde, sont surtout des romans, presque certainement
à l'état de rédactions en prose : *Theseus, Troylus, Merlin, Ogier le
Danois, Garin le Lorrain, Renaud de Montauban, Beuve d'Antonne,
Méliadus de Leonois, Florimont, Florent et Octavien*, et deux manuscrits du *Roman de Paris et de la belle Vienne*, ceux-là datés, l'un de
1432 et l'autre de 1443. On le voit, les manuscrits français de Diane de
Poitiers suffiraient à l'honneur de n'importe quelle grande bibliothèque.

Un dernier manuscrit, « tout rempli d'excellentes miniatures », est
aussi bien curieux : c'est le *Dialogue des créatures* « translaté par Colart
Mansion à Abbeville ». Comme le premier imprimeur anglais, William
Caxton qui, par ses traductions, appartient à l'histoire de notre littéra-
ture, on sait ce que Colart Mansion a imprimé à Bruges de textes français. La seule mention du catalogue d'Anet ajoute même à sa biographie :
s'il n'était pas Picard, il était au moins établi en France avant de se fixer
en Flandres, et ce n'est pas sans intérêt.

Je ne parlerai pas des livres, plus nombreux encore, dans lesquels se
perd le peu qui en a été ajouté de 1566 à 1700. S'il y a plus de livres
latins que de manuscrits, la plupart ont dû être offerts; il n'y en

---

xviiiᵉ siècle, dans la bibliothèque de la Haye, et il a été récemment publié par
M. Kervyn de Lettenhove dans la collection de l'Académie royale de Belgique (*Lettres
et négociations de Commines*. Bruxelles, in-8ᵒ, t. I.).

a presque pas d'italiens, encore moins d'espagnols, quoique les deux langues fussent familières à la Cour de France, et cela ferait presque supposer que la Duchesse de Valentinois les ignorait ou ne les savait pas assez pour s'intéresser à les lire. Ce sont à peu près uniquement des livres français, beaucoup d'éditions du xvᵉ siècle, de Lyon et d'Abbeville comme de Paris, beaucoup de traductions en prose, beaucoup de

RELIURE AUX EMBLÈMES DE DIANE.

(Bibliothèque de Poitiers.)

romans — la maîtresse d'Anet devait aimer à en lire — et quelques poètes de la vieille école, car ce qui manque le plus, ce sont les véritables contemporains. Ainsi entre autres, il n'y a rien de Marot ni de Saint-Gelais, rien de Du Bellay ni d'Olivier de Magny, rien de Rabelais dont on ne trouve que l'édition de 1567, postérieure d'un an à la mort de Diane.

On n'y trouve pas le livre de Gabriel Simeoni qui parle d'Anet. On n'y trouve pas le *Livre de la génération de l'homme* de Jacques Sylvius ou Dubois, traduit en français par Guillaume Chrestian (Paris, Guil. Morel, 1559), qui est divisé en trois parties, dont la première est dédiée à Henri II, la seconde à François II, et la troisième, consacrée à la nature et utilité

des mois des femmes et aux maladies qui en proviennent, est dédiée à la
Duchesse de Valentinois [1].

Dans la collection de M. Didot vendue en juin 1878, il y avait (n° 68)
un procès-verbal de la réformation de la forêt de Bréval et du Brueil de
Gainville pour Diane de Poitiers, dame d'Anet et de Bréval, en date
du 1er avril 1544. C'était un beau manuscrit sur vélin, avec miniatures d'armoiries et dont la reliure était aux chiffres et devises de la
Duchesse.

Il n'y a pas non plus de manuscrit des Chasses de François Ier écrites
par son mari et publiées de nos jours par M. de la Ferrière-Percy. Si l'on

VUE DU CHATEAU D'ANET ET DE LA FONTAINE.

(D'après le livre de Gabriel Simeoni.)

y trouve le *Polyphile* français de 1554 et l'*Architecture* de Léon-Baptiste
Alberti de 1553, on n'y trouve pas, de Philibert Delorme, la *Nouvelle
invention pour bien bâtir et à petits frais* parue pourtant en 1561 ; mais
le catalogue est si sommaire qu'il peut bien être incomplet. Il indique,
cinq ou six fois, que les livres sont en maroquin rouge ou citron et une
seule fois en maroquin à compartiments, mais ces reliures peuvent être
du xviie siècle, où l'on se servait plus de maroquin qu'au xvie, et les livres
de Diane, d'ailleurs admirables, sont en veau. L'une de ses plus belles reliures, que nous reproduisons ici, le *Salviani Animalium aquatilium his-
toria*, 1554, de la bibliothèque de Poitiers, ne se retrouve pas dans le
catalogue de Gandouin. En réalité les volumes qui ont les H couronnés,

1. Catal. Cleder, 297 ; Potier, 403, et Benzon, 77.

les fleurs de lis, les croissants, les carquois, les flèches, sont des reliures
de Henri II; celles de Diane ont aussi bien les H D et les mêmes attributs
cynégétiques, mais elles ont en plus ses devises, la flèche avec la devise
« Consequitur quodcumque petit », le tombeau avec la devise : « Sola
vivit in illo », et surtout le losange féminin de ses armes personnelles,
parties de Brézé et de Saint-Vallier. M. Roussel a plusieurs excellentes
chromolithographies des deux types de reliures, et nous y renvoyons. Le
caractère en est d'ailleurs exactement semblable; elles ne sont pas seule-

DIANE VICTORIEUSE DES AMOURS.

(D'après le livre de Gabriel Simeoni.)

ment du même temps, mais des mêmes artistes, et le goût en est absolument celui mis à la mode par les reliures faites pour Grolier, avec un
peu plus de richesse et un emploi plus fréquent de vignettes peintes et
de filets rehaussés de couleurs.

XIX. Après tout ce que nous venons de dire, qui est déjà bien long,
il y aurait à caractériser le goût de Diane. On le peut bien brièvement et
en deux mots : il est féminin et particulièrement français. Pour les
grandes choses, elle s'en rapporte à des artistes uniquement de son pays,
précisément peut-être parce que François Ier penchait du côté de l'Italie;
pour les petites, elle aime la sobriété dans l'élégance; comme livres, elle

ne s'intéresse évidemment qu'à ceux écrits dans sa langue et se tient tout
à fait en dehors du pédantisme classique. Il serait facile de donner à
ce sujet quelques développements, mais il convient de finir, et tout ce
qu'on dirait ne sortirait pas de ces deux points que son goût, très féminin, a été en toute circonstance particulièrement français, ce qui était
rare à son époque.

En même temps, il n'est pas inutile de remarquer à quel degré l'a

VERROU PROVENANT DU CHATEAU D'ANET.

(Collection de M. Ed. Bonnaffé.)

servie et la sert encore son nom de Diane. Il se rencontre, sinon fréquemment, au moins quelquefois, chez les femmes de son temps, mais c'est
à elle qu'il appartient, c'est à elle qu'il a été le plus heureux. Il a donné
la devise du Dauphin et du Roi ; dans les arts comme dans les lettres,
dans la décoration d'Anet comme dans les odes des poètes, il a fourni le
thème de toutes les fantaisies comme de toutes les louanges, et l'on a pu
reprendre en son honneur tous les trésors que la Muse antique avait con-
sacrés à la fille de Jupiter et à la reine de la chasse et de la nuit. Comme
l'a dit Virgile, « quand elle marche, le carquois sur l'épaule, elle dépasse
de sa taille toutes les Déesses »; mais il convient encore plus de rappeler

les vers de Némésien, moins simples, moins grands, mais d'une élégance
plus riche et plus habillée :

« O Phœbé, pour courir les bois tranquilles et les forêts, revêts les vêtements ac-
coutumés et arme ta main d'un arc. Suspends à ton épaule la trousse peinte de couleurs éclatantes et remplie de flèches dorées ; chausse tes jambes blanches de brode-
quins de pourpre. Que l'or se joue richement dans la trame de ta chlamyde ; que les
tours d'une ceinture ornée de pierreries en resserrent les fronces plissées, et qu'un
diadème retienne les tresses de ta chevelure. »

Ne dirait-on pas que ces vers du IIIe siècle ont été écrits en
France au XVIe? Ce n'est pas l'Artémis grecque, mais bien la Diane
de notre Renaissance, la Diane d'Anet, la chasseresse de Primatice et de
Goujon. Il est question dans les contes des dons merveilleux que les fées
bienveillantes apportent au berceau de leurs favoris. La marraine de
Mlle de Saint-Vallier a été sans le savoir une fée ; elle l'a touchée de la
baguette magique, elle l'a douée d'une force et l'a revêtue d'un charme.
Sa filleule aurait-elle eu sans lui tant de prestige? Aurait-elle surtout
conservé cette auréole éblouissante qui voile et fait disparaître les étroi-
tesses et les avidités? Non seulement sa personne et toute sa vie en ont
été illuminées et décorées, mais elle lui doit plus encore ; elle lui doit,
comme s'il eût été un breuvage d'immortalité, cette vie éternellement
lumineuse et cette couronne toujours verte, que les Muses et les Arts, ces
Fées et ces Génies du monde réel, sont seuls à pouvoir donner.